15731

(I)

LES PRIÈRES *,

CONTE,

LU DANS LA SÉANCE PUBLIQUE DE L'ATHÉNÉE DE TOULOUSE, LE 30 GERMINAL AN X,

Par HENRI BOILLEAU, Associé résidant.

Vous connoissez, Ménipus le Cynique, **
Qui, tour à tour, philosophe et critique,
Finit, dit-on, par se faire usurier,
Et se pendit pour se désennuyer.
Jupin aimoit son humeur satyrique :
Lorsque le dieu, las de ses courtisans,
Las des honneurs et de la politique,
Étoit sans soins, sans amoureux penchans ;
Lorsqu'il bailloit au séjour magnifique,
Où rien ne craint les outrages du temps ;
Il l'appeloit, et sur l'aîle des vents,
Prompts messagers du maître du tonnerre,
Le philosophe abandonnoit la terre,
Et l'égayoit par ses propos mordans.
Or un beau jour qu'avec trop de franchise,

I

Il s'expliquoit sur l'amante d'Anchise ;
Que , sans respect pour la divinité ,
Il en parloit en Cynique, effronté.
» Pauvre mortel ; sais-tu ce que nous sommes ?
Dit Jupiter, » Esclave de tes sens,
» Te connois-tu ? Connois-tu bien les hommes ?
» Va, c'est à nous de rire à tes dépens.
Et soulevant une trape placée
Sous les degrés de son trône éclatant :
» Lis dans les cœurs ; lis, et d'un œil perçant
» Dans leur replis pénètre la pensée ;
» Sois plus instruit et moins impertinent ,
» Et vois combien le ciel est indulgent. »
Le dieu , sans doute, en eût dit d'avantage ;
Il se plaisoit à sermoner un sage ,
Riche en Cynisme et fort pauvre en vertus ;
Mais aux éclats de mille cris confus ,
La trape ouverte avoit donné passage ,
Et dans l'Olimpe on ne s'entendoit plus.
» Quels sont ces cris ! demande Ménipus :
» Écoutes bien « reprit le fils de Rhée ».
» Ce sont les vœux qu'au pied de mes autels
» Osent former chaque jour les mortels ;
» C'est le tribut qu'on paye à l'Empirée. »
Il n'arriva d'abord de tous côtés
Que ces seuls mots à la fois répétés
Sur divers tons et dans divers langages :
Longs jours, plaisirs, trésors et dignités,
Objets brigués et chers à tous les âges.
Enfin , le bruit par degrés s'appaisant
Se réduisit au plus léger murmure ;

Et tour à tour traversant l'ouverture,
Chaque souhait parvint distinctement.
Le premier vœu , d'assez bizarre espèce,
Partoit d'Athène : un humble suppliant ,
Qui n'aspiroit qu'au respect de la Grèce ,
Sollicitoit assez dévotement
Qu'on augmentât sa barbe et sa sagesse,
Le dieu sourit ; mais ironiquement.
Vînt en second le vœu d'un trafiquant,
Accapareur des moissons de l'Attique ;
Il promettoit une coupe d'argent
Si son vaisseau, qui voguoit vers l'Afrique,
En revenoit chargé plus richement :
Il n'attendoit qu'après ce bâtiment
Pour publier sa troisième faillite ;
Et d'ex-voto Jupiter le tint quitte.
Passant ensuite à quelqu'autre oraison,
Il entendit une voix gémissante :
On se plaignoit des rigueurs d'une amante.
» Quoi ! dit le dieu ; cet honnête garçon
» Aime toujours sa belle indifférente ?
» Le croiroit-on, en dépit des vivans ,
» C'est une veuve à l'humeur bien sévère,
» Qui, respectant un époux dans la bière,
» Traite fort mal le meilleur des amans :
» L'infortuné se ruine en encens,
» Et je veux mettre un terme à sa misère. »
Interrompu par un concours de voix,
Qui vers le cieux s'élevoient à la fois,
Jupin se tut : une foule captive,
Pour la santé d'un monarque oppresseur

*

Intercédoit , prioit avec ardeur ;
Mais si tout haut chacun crioit qu'il vive,
On murmuroit tout bas entre les dents :
» Ah ! venge nous , grand dieu ; frappe, il est temps ;
» Tu vois nos maux, et ta foudre est oisive. »
» Non, » s'écria le vainqueur des Titans ,
» J'épargnerai ce prince tyrannique. »
Et sans pitié pour ces vils courtisans ,
Il accueillit leur première supplique.
La trape alors dans les cieux obscurcis,
Vomit des flots d'encens et de fumée.
» C'est , dit Jupin à Ménipus surpris ,
» Ce que m'envoye un général d'armée ;
» Son hécatombe est de cent bœufs choisis.
» Il veut ce soir couper en récompense
» Toute retraite à vingt mille ennemis
» Que guide un chef dont il craint la prudence :
» L'ambitieux veut qu'il lui soit permis
» D'en triompher sans nulle résistance.
» Je déjouerai sa cruelle espérance ,
» J'empêcherai que de braves soldats
» Soient immolés à sa soif de la gloire ;
» Et s'il n'achète aujourd'hui la victoire,
» Certainement il ne l'obtiendra pas.
» Qu'ai-je entendu ? Si j'ai bonne mémoire
» Voici la voix d'un écumeur de mer.
» Lorsqu'il m'implore , ajouta Jupiter ,
» Ce n'est jamais qu'en un péril notoire.
» Précisément son vaisseau va périr :
» Jouet des flots il vient de s'entr'ouvrir ,
» Et va gagner avec lui l'onde noire.

» Le mois dernier, attendri par ses pleurs,
» En pareil cas j'adoucis Amphitrite ;
» Il promettoit de changer de conduite,
» Il est encore à reformer ses mœurs.
» Mais écoutons cet autre personnage.
» Oh ! le bon fils ! Il craint de voir souffrir
» Un père infirme au déclin de son âge :
» Le trépas seul, dit-il, peut l'affranchir
» De ce pénible et trop long esclavage.
» Il en attend un immense héritage ;
» Il est prodigue et pressé de jouir,
» Et le vieillard en vivra d'avantage. »
Après ce fils, plein de compassion,
Certain tuteur fit sa pétition.
A succéder c'étoit un homme habile ;
Il demandoit la mort de son pupille,
Pour s'emparer légalement d'un bien
Dont il faisoit déjà comme du sien.
Vint à son tour une pieuse Prude,
Décriant l'art, et belle avec étude ;
Qui sans blesser les lois de la pudeur,
Eût fort voulu plaire à son Empereur.
Le bon Jupin accueillît sa requête,
Et Ménipus en rit de tout son cœur ;
Qui dit Cynique, en grec, dit mal-honnête.
Dans l'intervalle, un de ces vents flatteurs,
Que craint l'hyver, que le printems ramène,
Remplit les airs des plus douces odeurs ;
Mais ce zéphir à la suave haleine,
Que précédoit un essaim de désirs,
N'étoit formé que d'amoureux soupirs.

Un bruit confus, mélange inexprimable
De pleurs , de cris et de gémissemens
Suivit bientôt cette brise agréable.
On ne parloit que de fers trop pesans ,
De traits, de feux, de mort, d'affreux tourmens.
Le philosophe à ce cruel murmure
Crut qu'on faisoit quelque exécution ,
Ou qu'on mettoit un peuple à la torture.
« Rassure-toi , dit l'époux de Junon ,
» C'est le plaisant et bizarre ordinaire
» Dont chaque jour me regale Cithère ;
» Que j'en exauce ou non les habitans ,
» Je n'ai jamais paru les satisfaire.
» Ainsi que moi tu connois les amans :
» Vivant d'espoir , leur bonheur est de plaire ;
» Et même heureux, ils ne sont pas contens.
» Sans Cupidon que craint tant l'empirée ,
» Depuis long-temps j'aurois sévi contr'eux ;
» Mais au passage interceptant leurs vœux ,
» A l'avenir un des fils de Borée
» Sera chargé d'en défendre les cieux ».
Le dernier fou qui parut sur la scène ,
Fut un vieillard ; on l'entendoit à peine :
Il s'exprimoit en sons plaintifs et lents.
Il avoit vu seize fois six printemps
S'accumuler sur sa tête blanchie ,
Et réclamoit encore un an de vie.
Pour bien mourir, il lui falloit ce temps :
Le Roi des Dieux rejeta sa prière.
« Voilà, dit-il, l'oraison journalière
» Que je reçois de cet extravagant.

» Espère-t-il vivre éternellement ?
» J'ai déjà trop prolongé sa carrière :
« On ne vit plus, dès qu'on n'a plus ses sens.
» Je l'exauçai d'abord à soixante ans,
» Il redoutoit alors pour sa famille
» L'avidité que montroient ses parens.
» Puis il fallut qu'il mariât sa fille,
» Puis qu'il pourvût au sort d'un petit-fils,
» Puis ajouter un aile à son logis.
» On n'eût jamais une humeur plus vivace;
» Mais c'en est fait, et la Parque Atropos
» Peut à l'instant préparer ses ciseaux :
» Je suis enfin las de lui faire grâce ».
Jupiter dit, et de son pied divin,
Fermant la trape avec impatience,
Jura le Styx que jusqu'au lendemain,
Qui que ce fut n'obtiendroit audience.

Mes chers amis, cette tradition
Prouve combien nos vœux sont ridicules :
L'esprit souvent égare la raison,
Et ses souhaits éloignent les scrupules :
Profitons-en. Pour le pauvre Jupin
Il y perdit son temps et son latin :
Il espéroit corriger un Cynique,
Qui désormais n'en fut que plus caustique.
C'est que l'orgueil rend toujours entêté,
Et Ménipus avoit sa vanité.
Par ton d'ailleurs on sait qu'un philosophe
Devoit alors être irréligieux :
Ils sont encor fait de la même étoffe,
Doutent de tout, et se moquent des Dieux.

NOTES.

* Cè Conte est imité de Lucien.

** Ménipus, philosophe Cynique, étoit Phénicien. Né dans l'esclavage, il racheta sa liberté, et devint citoyen de Thèbes. On prétend que dégoûté de la philosophie, il se fit usurier, et que ce métier, indigne d'un philosophe, lui attira des reproches si sanglans, qu'il se pendit de désespoir. On avoit de lui des lettres pleines de railleries piquantes; il avoit aussi composé treize livres de satyres; mais aucun de ses ouvrages n'est parvenu jusqu'à nous.

LE PORTRAIT,

OU LES EFFETS

DE L'IMAGINATION;

CONTE,

Lu dans la séance publique de l'Athénée de
Toulouse, le 30 germinal an 11,

Par HENRI BOILLEAU, *Associé résidant.*

SELON Schéhérazade (1) (on peut aussi bien croire
A son autorité qu'à celle de l'histoire),
Ce fut sous Alraschid (2) que Bagdad autrefois,
Devenu l'entrepôt du commerce du monde ,
Au milieu des douceurs qu'offre une paix profonde ,
Vit fleurir les talens protégés par ses lois.
Ce fut encor sous lui que l'art des Praxitéle ,
A l'Arabe enseigné par des peintres Chinois,
Vint ouvrir au Commerce une branche nouvelle,
On échangeoit alors le plus joli minois
Contre un peu de saffran , de sucre ou de canelle.
L'homme osa désormais , abusant de ses droits ,

Trafiquer en public des charmes d'une belle ;
Des milliers de portraits ornèrent les Bazars,
Et parmi les bijous exposés aux regards,
Fixèrent les désirs d'une foule infidèle.
On se les disputoit avec avidité ;
Avoit-on la copie, on cherchoit le modèle,
Et souvent on trouvoit ce modèle flatté.
Tel, au fond d'un harem cachoit une beauté,
Vouloit qu'on en parlât, et qu'on s'occupât d'elle.
Cette mode, en un mot, servoit la vanité,
L'imagination et la cupidité.
  Alraschid, inconstant et né pour la tendresse,
Après avoir vaincu des ennemis nombreux,
Vivoit dans cet état de langueur et d'ivresse :
Oulhomme satisfait ne forme plus de vœux,
Sent à peine la vie, et sent qu'il est heureux.
Ainsi qu'un papillon qui voltige sans cesse,
Et n'aspire jamais qu'à former d'autres nœuds,
Il ne cessoit d'aimer que pour être amoureux.
La jeune et belle Amide eut le rare avantage
De fixer quelque temps ce Monarque volage,
Et fidèle à l'hymen de mépriser ses feux.
Ce prince, dédaignant la pompe orientale,
Seul parmi ses sujets quelquefois confondu,
Se perdoit dans Bagdad ; et sans être connu,
Visitoit les Bazars de cette capitale.
Cet ensemble idéal qu'on suppose aux Houris,
Dans un portrait un jour s'offre à ses yeux surpris :
C'est leur teint, leur fraîcheur, leur sourire et leur âge ;
Et d'un nouvel amour au même instant épris,
Il veut savoir le nom de celle qui l'engage.
On n'avoit rien inscrit au bas de ce portrait :

Il observe au marchand que c'est contre l'usage;
Mais le marchand lui-même en ignore l'objet.
Alraschid sent qu'il aime, et l'espoir l'encourage;
Il achète à prix d'or l'enchanteresse image.
Tandis que ses Emirs sont par-tout aux aguets,
Qu'il promet ses faveurs, qu'il promet ses bienfaits
A qui découvrira sa charmante inconnue,
Son image l'enchaîne au fond de son palais,
Y maîtrise son cœur, y captive sa vue,
Et découvre toujours quelques nouveaux attraits.
Il lui prête à son gré la voix la plus touchante,
Lui donne un cœur sensible, une taille élégante,
Va jusqu'à soupçonner mille charmes secrets....
Tout ce qu'il aime enfin embellit son amante.
Négligeant son sérail, et son peuple et sa cour,
On le voit, n'écoutant que sa flamme insensée,
Sourire à ce portrait, lui peindre son amour.
Ce fantôme adoré le poursuit nuit et jour;
Il n'a qu'un sentiment, il n'a qu'une pensée.
On crut dans tout Bagdad sa raison éclipsée:
Aisément on confond les foux et les amans;
Quoiqu'ils aient pour agir des motifs différens,
Un rien les satisfait, un rien les désespère,
Adoucit leur humeur, exalte leur colère,
Et tient le fil caché de tous leurs mouvemens.
Mais eût-il été fou, chez les Mahométans,
Devant un insensé le sage s'humilie;
Et malgré son amour qu'on traitoit de folie,
Alraschid, respecté des peuples et des grands,
N'en fut par moins servi comme dans son bon sens.
    Cependant avec soin parcourant son empire

Mille agens dévoués aux lois de son délire,
Cherchoient envain l'objet de son étrange ardeur.
Son amour s'irrita d'une trop longue attente :
Qu'est-ce pour un Sultan qu'une maîtresse absente ?
Bientôt un vide affreux s'empara de son cœur;
Il sentit qu'un portrait charme sans satisfaire ;
Et craignant le reveil d'un songe trop flatteur,
S'avoua qu'il avoit besoin de se distraire.
Une fête aussitôt rassembla sous ses yeux
Ce peuple de beautés qu'un usage odieux
A l'ombre d'un sérail condamnoit à lui plaire.
Tout s'émeut, tout s'agite. En cet essaim nombreux,
Chacune a ses talens, ses traits, son caractère,
Et chacune en secret forme les mêmes vœux.
Au milieu d'un concours qu'eût admiré Cythère,
L'inquiet Alraschid brûle encor de ses feux.
Son regard y réclame un être imaginaire,
Chef-d'œuvre trop parfait d'un esprit amoureux;
Mais où réaliser une telle chimère ?
Où trouver ici-bas un tout semblable aux dieux ?
Alraschid de dépit fit choix des cinq plus belles :
» Imposons-en, dit-il, à mes sens, à mon cœur ;
» Aimons-les à la fois, et dans chacune d'elles
» Adorons en détail un ensemble enchanteur. »
Zaïre avoit chanté ; sa voix flexible et tendre
Avoit flatté son maître en célébrant l'espoir ;
Le prince des Croyans lui jeta le mouchoir:
» Du charme de vos chants je n'ai pu me défendre,
» Rentrez, s'écria-t-il, jaloux de les entendre ;
» Je ne veux point qu'un autre éprouve leur pouvoir,
» Rentrez ; devant moi seul vous chanterez ce soir !

» A ces mots se tournant vers une autre Sultane :
» Qui danse mieux que vous, séduisante Roxane ?
» Que vos pas sont aisés; qu'ils sont voluptueux ?
» Dans tous vos mouvemens que d'accord, que de
    » grâces !
» La folâtre gaieté semble suivre vos traces;
» Ne vous prodiguez pas; que ces bras amoureux
» Ne s'arrondissent plus que pour combler mes vœux.
» Et vous Fatime, et vous; non jamais main plus belle
» N'excita dans mes sens de plus brûlant désir.
» Vous avez su me rendre un moment infidèle,
» Et mon cœur s'est ouvert aux accords du plaisir.
» Il étoit sous vos doigts, sur la corde sonore,
» Quand vous en arrachiez ces airs mélodieux;
» Il est encore ému, je suis encore aux cieux;
» Votre harpe est muette, et je l'entends encore :
» Je vous joins à l'instant, quittez, quittez ces lieux.
» Quoi, vous ne parlez plus ? Continuez Elmire :
» J'éprouve à votre voix la même impression
» Qu'aux chants passionnés que l'art dicte à Zaïre.
» Quel accent ! qu'il est pur ! Sa molle infléxion
» Nuance chaque idée et chaque expression :
» Peint-il le sentiment, c'est le sentiment même.
» Elmire, dites-moi sans cesse : je vous aime;
» Votre organe embellit jusqu'à ce mot si doux;
» Il ne me plaira plus que prononcé par vous »-
Et s'adressant ensuite à la jeune Atalide,
Il dérobe un baiser sur sa bouche timide,
Exalte ses attraits, et tombe à ses genoux.
Sensible autant que belle Atalide soupire,
Veut lui donner des fers et craint de le séduire.

» Soupirez , « lui dit-il , » ah ! soupirez toujours ;
» Ce langage éloquent est celui des amours.
     Alraschid auroit dû bénir son existence :
Posséder cinq beautés , et dans son inconstance,
Être à soi, ne céder qu'à la voix de son cœur ,
Au défaut de l'amour , c'est trouver le bonheur.
Le Monarque fidèle à son premier caprice ,
Savoure ce bonheur et n'est point satisfait.
Les talens dont il doue une amante factice ,
Ces appas que rassemble à lui seul un portrait,
Épars dans cinq beautés , ne peuvent lui suffire.
En composer un tout , voilà ce qu'il désire.
Comment parviendra-t-il à remplir son objet ?
Dans un sallon d'abord il les réunit toutes ;
Mais cet essai fut loin de répondre à ses vœux.
Semblable au voyageur qu'égare plusieur routes ,
Suivant tous les sentiers ouverts devant ses yeux ,
A force de chercher il éclaircit ses doutes.
Il falloit n'en voir qu'une , et jouir à la fois
Des charmes et des arts qui paroient ses rivales.
Il consulta ses sens , en dépit des cabales ;
La vue et le toucher décidèrent du choix.
Tandis que sans parler Atalide n'aspire
Qu'à plaire à sa Hautesse en captivant ses yeux ,
Zaïre avec esprit peint l'amour et ses feux ,
Et le Sultan sourit aux charmes qu'il admire ;
Le même sentiment exprimé par Elmire ,
Vient ajouter encore à ce prestige heureux ;
C'est en chantant l'amour qu'une belle l'inspire.
Fatime à ses accens maria ses accords ;
Un dieu toujours vainqueur avoit monté sa lyre.

Son art émût son maître, excita ses transports ;
Mais que devint ce Prince, et quel fut son délire,
Quand Roxane, à son tour, exerçant son empire,
Parut, et dessinant, ses contours gracieux,
Combina sans efforts les pas les plus moelleux !
Trompeuse illusion ! ton nuage magique
Répandit sur ses sens sa brillante vapeur :
Epuisant à longs traits la coupe du bonheur,
Il crut voir, il jouit d'un être fantastique,
Et l'amour le plus tendre, en erreur transformé,
S'étonna d'être heureux loin de l'objet aimé.

Chaque jour Alraschid renouvelloit ces scènes,
Et chaque jour sembloit accroître son ardeur :
De ses vastes états ressaisissant les rênes,
Cherchoit-il quelquefois, honteux de sa langueur,
A briser ses liens, à soulever ses chaînes ;
Ses efforts étoient vains, et son bras sans vigueur
Les laissoit aussitôt retomber sur son cœur.

On découvrit enfin qu'un modeste village
Receloit la beauté qu'Alraschid adoroit :
Quoiqu'elle fut soumise au joug du mariage,
Jaloux de son repos, un crayon indiscret
Avoit osé par-tout répandre son portrait.
Amide étoit son nom : loin du fracas des villes,
Loin de l'orgueil des grands et du luxe des cours,
Soignant les tendres fruits des plus tendres amours,
Amide et son époux couloit des jours tranquilles.
Quel fut son désespoir, quel fut celui d'Osman,
Lorsqu'un farouche Emir, en vertu d'un firman,
Vint arracher ce couple à la douce espérance
De finir en s'aimant une obscure existence.

Amide fut conduite au prince des Croyans;
Et le sérail instruit à feindre avec adresse,
Dévorant son dépit et ses vrais sentimens,
Lui prodigua les jeux et les amusemens.
Amide à ces plaisirs opposoit sa tristesse ;
Cependant Alraschid, comme tous les amans,
Eprouvoit le besoin d'exprimer sa tendresse.
De jardins, de bosquets le sérail entouré,
Voyoit au fond d'un bois, près d'un ruisseau limpide,
S'élancer un Kiosk à l'amour consacré :
Tantôt pour dissiper le désespoir d'Amide,
Il entraînoit ses pas vers ce temple écarté ;
Là, sous » un daïs de fleurs lui montrant son image:
» Voilà, » s'écrioit-t-il, » l'objet de mon hommage;
» Du culte qu'il reçoit, Alla seroit flatté,
» Et c'est à vous que j'offre un encens qui l'outrage.
Tantôt à ses genoux déposant sa fierté,
Aussi respectueux qu'un grand Sultan peut l'être,
» Le trône, » disoit-il, » convient à la beauté.
» Oubliez un époux, et régnez sur un maître :
» Vous vous devez, Amide, à ma félicité.
Amide n'aspirant qu'après sa liberté,
Cherchoit à lui ravir par degrès l'espérance ;
Et plaçant son devoir dans sa fidélité,
En croyoit son amour plus que sa vanité.
» Acquérez d'autres droits à ma reconnoissance.
» Ah! quel que soit le rang que vous daignez m'offrir,
» Mon époux, mes enfans réclament ma présence :
» Auprès d'eux je veux vivre, ici je veux mourir ».
Tels étoient ses discours : oubliant sa foiblesse,
Regrettant des efforts et des soins superflus,

Alraschid s'offensa que la délicatesse
Lui fit dans son harem éprouver un refus.
Il ne pouvoit se faire à tant d'impolitesse.
On peut dans un hameau posséder des vertus ;
Au sérail c'est manquer et d'usage et d'adresse.
L'amour propre parloit, l'amour perdit ses droits.
Le Sultan, aux appas qui charmoient dans Amide,
Vit enfin qu'il manquoit le maintien d'Atalide ;
Son cœur mieux éclairé s'apperçut que sa voix.
Ne l'avoit point touché comme la voix d'Elmire.
Savoit-elle danser ? Voyoit-on sous ses doigts.
Soupirer le téorbe ou s'animer la lyre ?
Avoit-elle en chantant l'organe de Zaïre ?
Ces doutes différens s'offrirent à la fois.
» Osons justifier ou condamner mon choix,
» S'écria-t-il alors ; et s'il le faut, plus sage,
» Brisons d'indignes fers, et changeons d'esclavage.
Il vola chez Amide, et son accablement
Au Calife irrité fit succéder l'amant.
« Pardonnez, lui dit-il, à mon ardeur extrême
» Les maux trop prolongés que je vous fais souffrir ;
» Consent-on aisément à perdre ce qu'on aime ?
» Mais si malgré mes soins, je ne puis vous fléchir ,
» Madame, avant un mois, je vous rends à vous-même.
» Un mois est dans l'attente un siècle de tourmens.
» Vous saurez l'abréger par d'aimables talens :
» Ils charment le malheur, ils font chérir la vie :
» Amide les cultive , Amide par ses chants,
» Doit enchaîner les cœurs, en captivant l'ouïe.
» Vous chanterez. Le ciel ne m'a point fait ce don :
» Mon organe est ingrat et sans expression.

» Est-il un instrument qui vous en dédommage ?

» Aucun. Vous m'étonnez ; quels sont donc vos
　　　» plaisirs ?

» Aimeriez-vous la danse ? hélas ! pas davantage.

» Mais au moins les beaux-arts occupent vos loisirs :

» Auriez-vous au dessin donné la préférence ?

» Consolateur muet des chagrins de l'absence ,

» Ingénieux ami des amoureux désirs ,

» Il rapproche les lieux , trompe la défiance ;

» Et de l'objet aimé , fixant la ressemblance ,

» Donne un corps à l'espoir, une ame aux souvenirs...

» Vous rougissez, Amide, et gardez le silence ?...

» Ma main n'a jamais su diriger un crayon.

» O trop flateuse erreur ! trop douce illusion !

» Vous avez les appas de celle que j'adore !

» Je crois la voir en vous ; et je la cherche encore.

» Détrompez-vous, Seigneur, et connoissez l'amour.

» L'imagination fait toute sa puissance ,

» Il doit même la vie à son effervescence.

» Vient-elle à se glacer , il s'éteint sans retour ».

Après cet entretien , sentant moins sa blessure ,

Alraschid put quitter Amide sans regrets.

» Son portrait m'abusoit ; son esprit sans culture

» Est loin, se disoit-il , d'égaler ses attraits.

» Elle est belle, et c'est tout. Q'est-ce qu'un avantage

» Qu'un accident détruit, et que doit ravir l'âge ?

» C'est avec les talens qu'on ne vieillit jamais.

» Que l'amour sur mon peuple exerce sa puissance ,

» Un Sultan doit rougir d'un tel égarement.

» Régnons sur mon harem comme sur l'Orient ,

» Et ne soyons heureux qu'avec indépendance ».

Amide dès ce jour obtint sa liberté :
Alraschid ne crut plus qu'une jeune beauté
Avoit tous les talens, parce qu'elle étoit belle.
Enivrant tour à tour ses sens de volupté,
Cherchant toujours à plaire, et toujours infidèle,
Il mit dans ses plaisirs plus de réalité :
Par ses goûts inconstans, triomphant des cabales,
Il sut de son sérail chasser l'oisiveté,
Et faire un peuple ami d'un peuple de rivales.

N O T E S.

(1) Sultane des mille et une nuit.

(2) Le calife Aroun-Alraschid, contemporain de Charlemagne, rivalisa avec ce grand prince dans l'art de gouverner. C'est à lui que la France, ou plutôt l'Europe doit le premir orgue et la première pendule ; mais le supplice de son Visir et de sa famille ternit l'éclat de son règne.

LA POULE,

FABLE.

Une Poule, aspirant au doux titre de mère,
Redoutoit pour ses œufs une main mercenaire,
        Et changeoit de nid chaque jour ;
Mais l'amour-propre, ennemi du mystère,
Chaque jour par ses chants trahissoit son amour.
        Enfin, ne sachant plus que faire,
Elle fut consulter le Sultan, son époux.
        Le Coq lui répondit : « Ma chère,
» Si vous voulez couver, cela dépend de vous ;
    » Vous savez pondre, apprenez à vous taire.
    Un tel propos excita sa colère.
        » Quoi ! je pondrois sans dire mot,
» Y songez-vous, dit-elle ; on me croiroit stérile.
        » Allez, ce conseil est d'un sot ;
» Et quoiqu'on n'ait jamais traité Coq d'imbécile,
        » Je vois qu'une Poule nubile
        » Peut trouver la crête en défaut ».
        L'homme n'est pas plus traitable,
        Lorsqu'on lui parle sans fard :
Accouche-t-il une fois par hasard
        D'une idée un peu raisonnable,
        Tel que la Poule de ma fable ;
    A ses amis, comme à ses ennemis,
Il annonce aussitôt sa naissance à grands cris.
        La vanité lui sert de sage-femme,
        Et c'est lui-même qu'il proclame,
    Dans cet enfant dont on le croit épris.